Les quatre filles du Docteur March

Louisa May Alcott

lePetitLittéraire.fr

Analyse de l'œuvre

Par Steve MacGregor

Les quatre filles du Docteur March

Louisa May Alcott

lePetitLittéraire.fr

Rendez-vous sur lepetitlitteraire.fr et découvrez :

Plus de 1200 analyses
Claires et synthétiques
Téléchargeables en 30 secondes
À imprimer chez soi

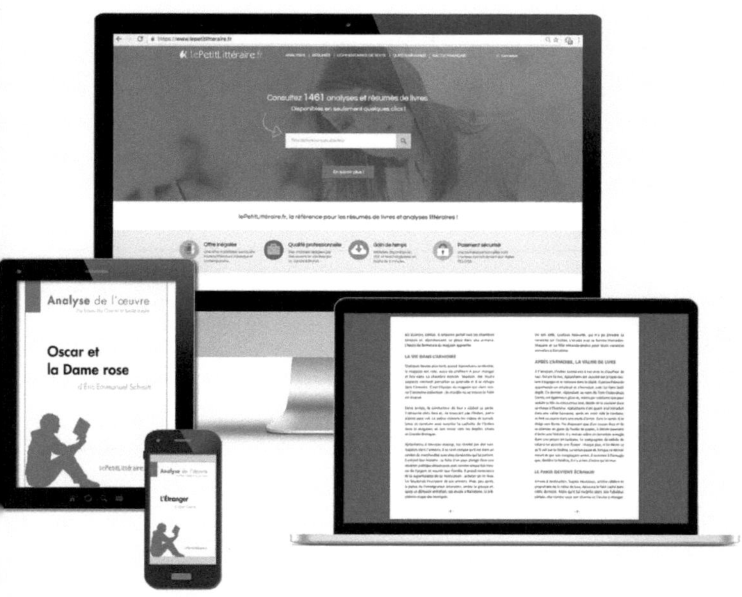

LOUISA MAY ALCOTT

ÉCRIVAIN ET POÈTE AMÉRICAIN

- **Né à Germantown, en Pennsylvanie, en 1832.**
- **Décédé à Boston, Massachusetts en 1888.**
- **Travaux notables :**
  - *Hospital Sketches* (1863), collection de croquis basés sur des lettres écrites pendant la guerre civile américaine.
  - *Une fille à l'ancienne* (1870), roman
  - *Travail : Une histoire d'expérience* (1873), roman semi-autobiographique

Louisa May Alcott était une romancière et poétesse américaine, surtout connue pour sa série de livres autour de la famille March, dont le premier est *Little Women*, publié en 1868. Elle a été élevée par des parents transcendantalistes (un mouvement philosophique qui a vu le jour dans l'est des États-Unis dans les années 1820) et éduquée par des intellectuels de renom dans l'école d'éducation alternative de son père. Sa famille a connu des difficultés financières et elle a écrit et travaillé comme gouvernante pour les soutenir. Elle est restée célibataire toute sa vie et a été une féministe engagée et une militante de l'abolition de l'esclavage.

LES QUATRE FILLES DU DOCTEUR MARCH

SOIS RÉCONFORTÉ, CHÈRE ÂME

- **Genre :** fiction sur le passage à l'âge adulte
- **Édition de référence :** Alcott, L. M. (1868) *Little Women*. Boston: Roberts Brothers.
- **1ère édition :** Décembre 1868
- **Thèmes :** le rôle des femmes, le devoir par rapport à l'épanouissement personnel, l'éthique protestante du travail, l'importance de la famille.

Cette œuvre a été publiée à une époque où la récente guerre civile américaine avait provoqué des bouleversements sociaux et politiques et où les rôles et les attentes à l'égard des femmes commençaient à changer. Alcott elle-même a reçu une éducation alternative, mais les valeurs chrétiennes traditionnelles du XIXe siècle, à savoir le travail, l'économie et la conformité, sont toujours présentes dans son œuvre.

Les quatre filles du Docteur March (*Little Women* dans sa version anglaise), qui se déroule dans l'Amérique contemporaine, raconte l'histoire de la famille March, une famille distinguée mais pauvre : les sœurs Meg, Jo, Beth et Amy, leur mère Marmee et leur père absent. Il raconte la croissance des sœurs jusqu'à l'âge adulte, alors qu'elles sont confrontées à des épreuves et des défis tant personnels que publics et qu'elles sont visitées par la pauvreté, la maladie et la mort.

Ce livre a été extrêmement bien accueilli, devenant un classique instantané, et il est encore aujourd'hui extrêmement populaire auprès d'un lectorat essentiellement féminin. Cet ouvrage semi-autobiographique a été publié à l'origine comme le premier d'une série de deux romans, et Alcott a écrit une suite, *Good Wives,* qui a été publiée en 1869. En 1880, les textes de *Little Women* et de *Good Wives* ont été réunis en un seul volume, également intitulé *Little Women*. En 1871, Alcott écrit *Little Men : Life at Plumfield with Jo's Boys.* Ce nouveau livre se concentre sur le personnage de Jo Bhaer (née March) et raconte l'histoire des enfants de l'école du domaine de Plumfield. Il inclut plusieurs personnages de *Little Women* et est considéré comme le troisième (ou le deuxième, si *Little Women* et *Good Wives* sont considérés comme un seul volume) roman de la série *Little Women*. Il a été suivi en 1886 par *Jo's Boys, and How They Turned Out : A Sequel to "Little Men"*, le dernier roman d'Alcott mettant en scène des personnages introduits dans *"Little Women"*.

Ce résumé est basé sur la version originale de 1868 des *Petites Femmes* et n'inclut pas les *Bonnes Femmes*.

RÉSUMÉ

LES QUATRE PÈLERINS

L'histoire s'ouvre la veille de Noël avec les quatre sœurs March, Meg, Jo, Beth et Amy, qui se plaignent de leur pauvreté. Leur conversation révèle leur caractère. Nous apprenons qu'il s'agit d'une famille respectable qui a connu des temps difficiles. Elles décident d'acheter des cadeaux pour Marmee plutôt que pour elles-mêmes, et son retour à la maison avec une lettre de leur père, absent pour servir comme pasteur pendant la guerre civile, les encourage toutes à être positives. Le matin de Noël, chaque fille se réveille et trouve un exemplaire de *A Pilgrim's Progress* sous son oreiller. Ce livre devient un motif tout au long du roman, car elles s'efforcent de porter leurs fardeaux personnels et extérieurs comme le fait Christian dans le livre. Plus tard, ils font don de leur petit-déjeuner à une famille pauvre. M. Laurence, leur vieux voisin, entend parler de ce sacrifice et envoie un énorme repas, et la journée se termine heureusement.

Nous faisons la connaissance d'une famille unie, chaleureuse et réfléchie, guidée par le centre calme de Marmee, qui maintient son rôle de gentlewomen appauvrie avec les valeurs chrétiennes d'économie, de travail et de devoir social au centre de sa vie.

LE PETIT FRÈRE

Plus tard, Meg et Jo sont invités à une fête chez un ami riche, où Meg se délecte de tout le luxe et de l'attention et où Jo rencontre Laurie, le jeune petit-fils solitaire de M. Laurence. Ils deviennent immédiatement de grands amis, une relation qui permet à Jo de se comporter de manière moins distinguée que ce qu'on attend normalement d'elle, et elle le présente ensuite à toute la famille, où il devient un fils et un frère honoraire.

Rendant visite à Laurie alors qu'il est malade, Jo insulte accidentellement M. Laurence, mais celui-ci admire son esprit et rencontre ensuite toutes les filles. Il se rapproche particulièrement de Beth, timide et mélomane, et lui envoie en cadeau le piano de sa petite-fille décédée.

DES PAQUETS DE CONTRADICTIONS

Nous apprenons à connaître la personnalité évolutive des filles à travers leurs diverses aventures. Meg et Jo doivent travailler pour subvenir aux besoins de la famille en raison de leur pauvreté, la première comme gouvernante et la seconde comme compagne de l'irascible tante March, tandis qu'Amy et Beth aident Hannah, l'aide, à gérer la maison. La romantique Meg rêve d'une vie plus confortable et Jo rêve d'être écrivain et d'avoir la liberté et l'indépendance de se comporter de manière moins féminine. La populaire et volage Amy, l'artiste March, est prise en train d'échanger des citrons verts à l'école, elle reçoit un coup de bâton et est retirée pour apprendre à la maison. Jo et Amy se disputent parce que Jo refuse de l'emmener avec elle à une sortie au théâtre avec Laurie, et Amy se venge en brûlant les précieux écrits de l'aspirante auteure Jo. Jo a un tempérament qu'elle a du mal à gérer et elle est tellement en colère qu'elle manque de laisser Amy se noyer alors qu'elles font du patin à glace. La jolie Meg est engagée par une riche famille et se laisse habiller à la dernière mode, mais elle se sent vite mal à l'aise et apprend que les apparences peuvent influencer l'opinion des autres. La douce Beth domestique, heureuse à la maison avec ses poupées et ses chatons, apprend à combattre sa timidité lors d'un pique-nique organisé par Laurie pour des amis anglais où elle discute avec le plus jeune fils infirme.

La famille forme le Pickwick Club et produit un journal familial. Laurie est invité à devenir membre honoraire, bien que Meg ait entendu des rumeurs selon lesquelles elle veut l'épouser pour son argent. À travers ces incidents, nous découvrons une famille qui travaille et joue ensemble, qui se bat et se réconcilie, dont la boussole morale tourne autour des principes centraux de la famille, de la respectabilité, du foyer et de la maison, quelles que soient leurs différences, et dont les vies commencent à être affectées par le monde extérieur. Au centre de tous ces événements se trouve Marmee, sage et affectueuse, qui prodigue conseils et soutien aux filles qui s'efforcent d'assumer leurs fardeaux, de vaincre leurs vices et de devenir adultes.

LA LETTRE

Un jour, une lettre arrive pour dire que M. March est très malade à l'hôpital. Marmee doit aller s'occuper de lui et Jo se coupe les cheveux, sa fierté et sa joie, pour aider à financer le voyage. Elle est accompagnée de M. Brooke, le tuteur de Laurie, qui est tombé amoureux de Meg. Les sœurs doivent se débrouiller seules mais ont de nombreux problèmes, avec des repas gâchés et des meubles cassés. La petite Beth tombe gravement malade de la scarlatine, contractée auprès de l'un des Hummel démunis qu'elle a visités quand personne d'autre ne le faisait. Amy est envoyée chez tante March. Beth reste longtemps malade et manque de mourir. On envoie finalement chercher Marmee, qui revient au moment où la fièvre tombe, à la grande joie de tous. Beth se rétablit, mais ne retrouve jamais toutes ses forces.

TOUT EST BIEN QUI FINIT BIEN

Le livre se termine par le retour de M. March et de son escorte, M. Brooke, affaiblis mais satisfaits, et la famille peut faire la fête ensemble. M. Brooke demande Meg en mariage avec le consentement de ses parents et elle lui dit d'abord non, mais lorsque la formidable tante March la réprimande pour avoir envisagé d'épouser un homme pauvre, elle change d'avis et, à la fin du livre, ils sont fiancés.

M. March rassemble sa famille dans le salon et parle de chaque fille à tour de rôle, soulignant les changements qu'il voit en elles, comment il reconnaît comment elles ont porté leurs fardeaux avec tant de courage, comment elles sont devenues de petites femmes et de belles personnes dont il est fier. Le roman se termine par une autre scène de chaleur et de convivialité, cette fois avec une famille au complet autour du feu, ce qui met un point final à l'histoire pour le lecteur.

ÉTUDE DE CARACTÈRE

MEG

Meg est l'aînée et la plus jolie des sœurs March. Elle est l'archétype de la jeune fille gentelle du XIXe siècle, qui aime les belles robes, la bonne nourriture, les fioritures et les frivolités, et elle est la seule sœur à pouvoir se souvenir d'une vie de famille où toutes ces choses étaient facilement accessibles. Elle veut être une femme riche et vivre dans une belle maison, et c'est une fille romantique, qui rêve de bals et de pique-niques. On nous dit qu'elle « aimait le luxe et que son principal problème était la pauvreté » (chapitre 4, p. 58). Cela peut la rendre avide et parfois jalouse, et elle passe beaucoup de temps à essayer de devenir comme sa riche amie Sally Gardiner, permettant à la famille Moffat de l'habiller comme une poupée d'une manière qui ne sied pas à sa place de jeune femme protestante respectable. Cela lui ouvre les yeux sur le fait qu'elle ne se sent pas à l'aise ainsi. Elle est également une travailleuse acharnée, servant de gouvernante à de jeunes enfants, et à la fin du livre, elle est fiancée au pauvre mais fiable précepteur, M. Brooke.

JO

Jo est le personnage qui ressemble le plus à l'écrivain elle-même : c'est un garçon manqué, un auteur en herbe, maladroit, coléreux, aventureux et très peu conventionnel. Elle veut jouer avec les garçons et se battre à la guerre avec son père, et elle subvertit généralement les notions contemporaines de la féminité bienveillante.

À un moment donné, elle dit : «Pitié pour moi! Je ne sais rien de l'amour et de ces sornettes!» (chapitre 20, p. 294). Même son nom, Jo, est la forme masculine de son vrai nom, Joséphine. Cependant, elle travaille aussi dur, servant de compagne à la redoutable tante March afin d'aider à soutenir sa famille. Jo rejette l'idée du mariage et veut faire quelque chose de grand quand elle sera grande, de préférence avec son «gribouillage». Jo doit surmonter son impulsivité et son tempérament bouillant, et trouver un équilibre entre ses ambitions et les attentes liées à son rôle social. C'est un personnage fascinant, qui trouve encore un écho chez les lecteurs d'aujourd'hui.

BETH

Beth est presque anormalement doux, patiente et angélique, à la manière de Tiny Tim, et nous avons le sentiment qu'elle n'est pas de ce monde, ou du moins qu'elle n'en a pas l'étoffe (et ces sentiments se révèlent exacts dans *Good Wives*). Trop timide pour aller à l'école, elle suit quelques cours à la maison, mais s'acquitte surtout des tâches ménagères et s'occupe des petites choses qui rendent la vie confortable pour sa famille. Satisfaite de ses chats, de ses poupées et de sa musique, elle n'a aucune ambition au-delà du salon. Son seul luxe est le piano que lui offre M. Laurence, qui appartenait autrefois à sa petite-fille décédée, ce qui laisse présager ce qui va suivre. Elle tombe très malade, conséquence directe de son action en faveur des autres, et survit sous la forme d'une présence encore plus faible et fantomatique. Elle est la figure classique de « l'ange dans la maison », incarnée dans le poème éponyme de Coventry Patmore (poète et critique anglais, 1823-1896) : « Elle aime avec un amour qui ne peut se fatiguer ».

AMY

Amy est la plus jeune des quatre sœurs. Au début du livre, elle est vaniteuse, affectée, plutôt sotte, jolie et populaire, et elle a l'ambition de devenir une dame de compagnie avec tous les attributs et le style de vie que cela implique. Elle déteste la pauvreté dans laquelle la famille est obligée de vivre (« Je ne pense pas *pouvoir* la supporter, mais j'essaierai », chapitre 17, p. 264), mais elle travaille dur sur son apparence et ses manières, passe des appels sociaux précieux et est en fait excellente pour nouer des contacts sociaux. Amy est également artiste et a un goût naturel très prononcé. Nous voyons les signes d'un tempérament rapide, comme lorsqu'elle brûle l'histoire de Jo, et de la colère, comme lorsqu'elle est punie à l'école et qu'elle persuade immédiatement sa mère de la retirer pour toujours. Elle est également une fille chaleureuse et honnête, ce qui la rend populaire dans les cercles sociaux où elle évolue. Son ambition de faire un bon mariage est une ambition que beaucoup de jeunes femmes dans sa situation auraient comprise et que ses parents auraient approuvée.

MARMEE

Marmee est la mère parfaite : elle travaille dur, elle a des principes, elle est socialement active pour aider les autres, elle est une merveilleuse maîtresse de maison et elle fait attention aux leçons de morale qu'elle donne à ses filles. En fait, elle est la mère chrétienne idéalisée du XIXe siècle. Elle est forte sous une pression immense et sa foi religieuse la guide et la réconforte. Elle dit : « Je veux que mes filles soient belles, accomplies et bonnes ; qu'elles soient admirées, aimées et respectées [...] qu'elles soient bien et sagement mariées et qu'elles mènent une vie utile et agréable » (chapitre 9, p. 145). Cependant, elle a des valeurs inhabituelles en ce sens qu'elle ne veut pas que ses filles se marient uniquement pour l'argent ou le statut social, et qu'elle leur donne une éducation et de l'auto-efficacité.

M. MARCH

Il est largement absent tout au long du livre et nous n'entendons parler de lui qu'au travers d'anecdotes et de lettres. Cela permet aux jeunes femmes d'occuper le devant de la scène à une époque où il était normal que le père prenne toutes les décisions dans la maison. En tant qu'aumônier pendant la guerre, nous apprenons que M. March est gentil, intelligent et courageux, et qu'il envoie des conseils et des directives à ses filles. À travers ses yeux, nous voyons leurs progrès et leur épanouissement à la fin du livre.

LE CLAN LAURENCE

M. Laurence est le riche et vieux voisin des Marches. Bien qu'il soit censé être difficile et intimidant, les filles ont tôt fait de lui faire fondre le cœur et il devient un bienfaiteur attentif et bienveillant à leur égard. Sa maison recèle des trésors que toutes les filles adorent : un piano, des livres, des œuvres d'art et de belles fleurs. Il fait avancer l'histoire en donnant de l'argent à la famille quand elle en a besoin. Laurie, son petit-fils, vit avec son grand-père car il est orphelin. Il est riche, enjoué et le confident de Jo, mais aussi le frère de toutes les sœurs March. Il peut être lunatique et difficile, et a des projets qui ne correspondent pas à ceux de son grand-père. Il donne un élément masculin au livre, en étant impliqué dans de nombreuses scènes et en ajoutant une perspective narrative supplémentaire. Son tuteur, M. John Brooke, est un homme calme et grave, qui est obligé de travailler car il est également orphelin. Il incarne la respectabilité dans la pauvreté, et même lorsqu'il tombe amoureux de Meg, il ne l'approche qu'après avoir obtenu la bénédiction de ses parents.

LES PROBLÈMES ET LES TENTATIONS DE VOTRE VIE COMMENCENT.

Little Women a été écrit à la fin des années 1860. Il s'agit du premier volume d'une série de deux volumes commandés par l'éditeur d'Alcott, qui devait rapidement amener les lecteurs à s'intéresser à toutes les filles March pour que le livre soit un succès. Bien qu'il contienne également des aspects romantiques et dramatiques, il s'agit fondamentalement d'un roman sur le passage à l'âge adulte. Les caractéristiques de ce genre sont les suivantes :

- L'accent mis sur l'évolution des protagonistes vers l'âge adulte ;
- Un accent sur le dialogue ;
- monologues internes ;
- Le développement de la conscience de soi en surmontant les défis et les problèmes.

L'écriture d'Alcott présente tous ces éléments. Nous suivons les quatre sœurs March qui passent de l'enfance à la vie de jeune femme, et le point de vue à la troisième personne permet au lecteur de suivre chacune des filles dans son parcours. Le cadre de la petite ville et l'action limitée obligent Alcott à utiliser le dialogue pour éclairer les personnages et leurs relations. Cela permet également à Marmee de donner des leçons de morale et aux filles de discuter de leurs propres progrès et problèmes. Une autre caractéristique du genre "coming-of-age" présente dans le roman est le monologue interne, où les personnages se parlent à eux-mêmes pour décrire leurs sentiments et leurs dilemmes privés. Par exemple, nous apprenons les doutes de Jo sur ses capacités d'écriture et la peur des gens de Beth à travers leurs monologues internes. Enfin, à la fin du livre, les quatre filles ont assumé leurs « fardeaux » (chapitre 1, p. 20) et sont devenues des jeunes femmes plus sages et plus mûres. Jo a appris à contrôler son tempérament, Meg est moins matérialiste, Amy est moins vaniteuse et Beth a accepté et travaillé sur sa timidité. Même Laurie a appris à apprécier l'amour et les valeurs de son grand-père.

QUI SEREZ-VOUS ?

Les attentes contemporaines à l'égard des femmes sont un thème central du roman, et les quatre sœurs March pourraient être considérées comme représentant quatre interprétations de la féminité du XIXe siècle. Beth la dévouée, Jo la rebelle, Amy la créative et Meg la mère en attente, sont quatre femmes que les lecteurs modernes reconnaissent instantanément. Alors que les contraintes sociétales de l'époque limitaient ce qu'Alcott pouvait représenter comme étant l'incarnation des femmes, il y a aussi des idées qui auraient repoussé les limites. Par exemple, Jo est un garçon manqué qui veut vivre une vie indépendante et célibataire et Alcott mentionne spécifiquement les femmes créatives, professionnelles et célibataires de manière positive, sans dénigrer la voie habituelle des femmes qui se marient pour l'argent ou l'amour. La tension entre devoir et épanouissement personnel est étroitement liée à ce thème, et c'est une idée qui résonne encore chez les femmes modernes. Les filles ont des devoirs qu'elles doivent remplir en fonction de leur religion, de leur sexe et de leur statut social. Elles doivent s'occuper d'autres personnes moins fortunées qu'elles, être perçues comme étant bien élevées, peut-être faire un bon mariage et obtenir un statut, et faire les tâches ménagères, même si, comme Amy et Jo l'incarnent, elles préféreraient être créatives, indépendantes et explorer d'autres voies et talents.

LE DIABLE TROUVERA DU TRAVAIL POUR LES MAINS OISIVES.

Les filles essaient de trouver de la joie et de l'épanouissement dans leurs tâches quotidiennes banales, et l'importance de l'éthique protestante du travail est soulignée dans le roman : « Et prouvez que vous comprenez la valeur du temps en l'employant bien. » (Chapitre 11, p. 173). Les moments où les filles ne travaillent pas de manière productive se terminent par le chaos et le désastre personnel. Par exemple, lorsque Marmee les laisse avoir autant de temps libre qu'elles le souhaitent, les filles s'ennuient et s'agitent, et lorsque Laurie les surprend en train de se diriger vers les collines, il n'est autorisé à venir que s'il promet de faire quelque chose d'utile.

NOUS SOMMES UNE FAMILLE

Un autre thème central est l'importance de la famille, qui reflète à nouveau les valeurs de l'époque et les expériences personnelles d'Alcott. Le développement du caractère des filles se fait au sein de leurs relations familiales, et c'est à travers les yeux de chaque membre de la famille que nous voyons les luttes personnelles et la croissance des autres. L'action principale et le drame du roman se déroulent dans un cadre domestique, et nous voyons l'importance d'une famille forte, non seulement en tant que structure de soutien économique, mais aussi en tant que structure de soutien émotionnel.

LA VOIX

Alcott était une femme très instruite, et bien que le cadre du roman soit confortable et domestique, elle utilise des phrases complexes et difficiles et un vocabulaire sophistiqué, tout en conservant un style facile à lire. Elle utilise beaucoup de dialogues pour rompre les monologues internes plus difficiles, et chaque personnage a une voix narrative claire. Alcott maîtrise toute une série de techniques littéraires telles que la métaphore (par exemple, la référence de Jo aux « châteaux en l'air », chapitre 13, p. 207, comme métaphore des espoirs et des rêves des filles), l'allusion (par exemple, les filles s'appellent elles-mêmes « le club Pickwick », chapitre 10, p. 148), une allusion au livre The Pickwick Club. 148), une allusion à *The Pickwick Papers* de Charles Dickens) et l'imagerie (par exemple, le feu est utilisé comme une image pour plusieurs choses, y compris la créativité et la colère, comme lorsque Jo est décrite comme « brûlant pour exécuter une justice immédiate » (chapitre 21, p. 302)), qui rendent le roman frais et intéressant. Bien que le langage soit très contemporain, avec son utilisation de leçons religieuses et morales intégrées, il trouve toujours un écho auprès des lecteurs d'aujourd'hui.

Une grande partie du livre est basée sur des événements réels de la vie d'Alcott. Son père était souvent absent et sa mère jouait un rôle central dans sa vie et celle de ses trois sœurs. Les croyances transcendantalistes de son père offraient une vision optimiste de la nature humaine, fondée sur la fidélité à soi-même et le non-conformisme. La famille était de bonne famille mais pauvre, et elle a été éduquée à la maison, s'efforçant de répondre aux attentes traditionnelles en matière de rôle féminin. Alcott est devenue une suffragette convaincue et une partisane de l'abolition de l'esclavage, et est restée célibataire toute sa vie. Elle a elle-même servi comme infirmière pendant la guerre de Sécession, et a été personnellement consciente des horreurs et des privations qu'elle a causées. Elle était également consciente de l'évolution du rôle des femmes et s'y intéressait activement, et son œuvre reflétait ces préoccupations. Bien que les attentes traditionnelles en matière de mariage, de maternité et de domesticité exercent encore une forte influence, les mouvements d'émancipation commencent à se manifester, et elle est très consciente des tensions que cela implique pour les femmes. Une femme pouvait avoir une vie domestique ou une profession, mais il était difficile à l'époque d'avoir les deux. Enfin, les influences puritaines et protestantes étaient fortes dans la société au moment où Alcott écrivait. Chaque individu avait des devoirs et une éthique de travail et s'efforçait d'être respectable, et les gens vivaient et étaient réconfortés par les préceptes moraux de la Bible.

- 23 -

QUELQUES QUESTIONS À MÉDITER...

- De nombreuses éditions ultérieures de cette œuvre ont regroupé *Little Women* et *Good Wives* en un seul volume. Pensez-vous que cette approche soit plus efficace que celle d'un roman distinct? Pourquoi ou pourquoi pas?
- Dans quelle mesure les archétypes représentés par les filles du roman sont-ils encore présents dans les représentations médiatiques des femmes aujourd'hui?
- De quelles façons le roman soutient-il l'idée de conformité féminine? Du changement féminin?
- Pensez-vous que le sexe du lecteur pourrait affecter son appréciation du roman? Pourquoi ou pourquoi pas?
- Pourquoi pensez-vous qu'Alcott a choisi de faire en sorte que le père soit absent pendant la majeure partie du roman?
- «Car la vanité gâche le plus beau des génies.» (Chapitre 7, p. 106). Dans quelle mesure êtes-vous d'accord avec cette idée?
- À quel personnage vous identifiez-vous le plus et pourquoi?
- La vie familiale moderne reflète-t-elle d'une manière ou d'une autre la vie de la famille March?
- Le roman ne trouve-t-il un écho qu'auprès des lecteurs blancs et occidentaux? Expliquez votre réponse.

- En quoi le roman serait-il différent s'il était raconté par l'un des personnages plutôt que par un narrateur omniscient à la troisième personne?

- 25 -

AUTRES LECTURES

ÉDITION DE RÉFÉRENCE

- Alcott, L. M. (1868) *Little Women*. Boston: Roberts Brothers.

SOURCES SUPPLÉMENTAIRES

- Cheever, S. (2010) *Louisa May Alcott: A Personal Biography*. New York Simon & Schuster.
- Reisen, H. (2009) *Louisa May Alcott: The Woman Behind Little Women*. New York: Henry Holt and Co.
- Cette œuvre est maintenant dans le domaine public, et des versions téléchargeables sont disponibles sur le Projet Gutenberg à l'adresse http://www.gutenberg.org/ebooks/514. Il s'agit de la version de 1880 qui comprend à la fois *Les quatre filles du Docteur March* (première partie) et *Les bonnes femmes* (deuxième partie).
- L'Internet Archive (https://archive.org) propose une version numérisée de l'édition originale de 1868 des *Petites Femmes* sur https://archive.org/details/littlewomenormeg00alcoiala.

ADAPTATIONS

- Il y a eu de nombreuses adaptations cinématographiques de cette œuvre. Les premières étaient deux versions muettes, toutes deux sorties pendant la première guerre mondiale. Les versions anglophones ultérieures réalisées par les grands studios sont notamment sorties en 1933, 1949, 1978 et 1994. En septembre 2018, une adaptation cinématographique proposant une relecture moderne de cette histoire, *Little Women*, réalisée par Clare Niederpruem, est sortie pour marquer le 150e anniversaire de la publication originale de l'œuvre. En 2019, une nouvelle version cinématographique de *Little Women*, réalisée par Greta Gerwig, sortira sur les écrans.

- *Little Women* s'est également avérée populaire comme source d'adaptation pour la télévision. La première version télévisée a été une adaptation par NBC-TV en 1939. Elle a été suivie d'autres adaptations télévisées aux États-Unis en 1946, 1949 et 1950. Une adaptation musicale créée par le radiodiffuseur américain CBS a été diffusée en 1958. *Little Women a été* adapté par la British Broadcasting Corporation (BBC) sous forme de série télévisée à quatre reprises, en 1950, 1958, 1970 et, en collaboration avec le Public Broadcasting Service (PBS) américain, en 2018 pour coïncider avec le 150e anniversaire de la publication originale du roman.
- *Little Women* a également été adapté en série animée (deux fois), en comédie musicale, en ballet, en opéra, en plusieurs pièces de théâtre et en drame audio.

Votre avis nous intéresse !
Laissez un commentaire sur le site de votre librairie en ligne
et partagez vos coups de cœur sur les réseaux sociaux !

lePetitLittéraire.fr

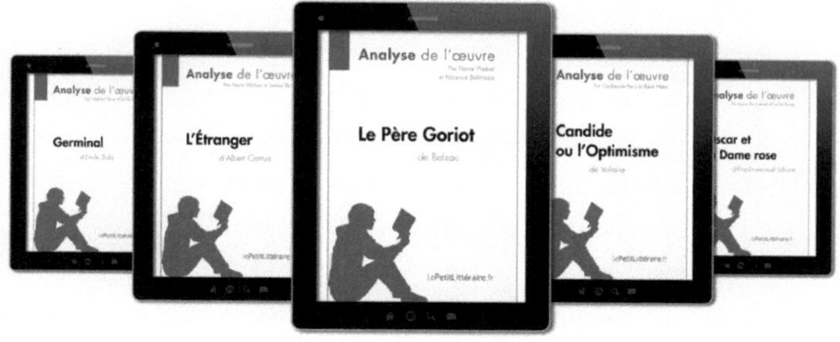

- des analyses de livres
- des fiches de lectures
- des commentaires littéraires
- des questionnaires de lecture
- des résumés

**Retrouvez
notre offre complète sur
lePetitLittéraire.fr**

www.lepetitlitteraire.fr

ISBN version numérique : 9782808684460
ISBN version papier : 9782808685269
Dépôt légal : D/2023/12603/1026

Conception numérique : Primento,
le partenaire numérique des éditeurs.